旋风小虎队

法老的护身符

FALAO DE HUSHENFU

[奥] 托马斯·布热齐纳 著　刘沁卉 译

接力出版社
Publishing House

欢迎来到旋风小虎队的世界！旋风小虎队的成员有：小霸王龙蒂诺——一个勇敢的男孩，擅长解答各种谜语，一般的问题难不倒他呢！米琦，喜欢穿着船长服、戴着船长帽的女孩。他们的爸爸是一艘大轮船的船长，说起这个，兄妹俩别提多自豪了！爸爸的工作很忙，兄妹俩平时和乌尔克姑妈一起生活，乌尔克姑妈是个发明家，她自己动手做了很多好玩的东西，她甚至可以让小老鼠契克说出人类的语言！究竟是怎么回事，答案就在书里！

对了，别忘了"哥伦布"号，一种海陆空三栖交通工具，它是乌尔克姑妈亲手制造的！可千万不要小看它，它的本领可大着呢！

现在，你也是旋风小虎队的成员啦！古埃及是什么样子的？法老的护身符有什么不可告人的秘密？让我们翻开这本书，一起去探险吧！

特别提示：

书中有一些灰色的小方块，里面隐藏着问题的答案，把随书附赠的解密卡放在方块上慢慢移动，仔细看，答案出来啦！在书末尾的"探险工具包"里，有一些有趣的图案和模型，可以帮你解开书中的秘密！最好自己找出答案，不要提前偷看哦！

目　录

"哥伦布"号来了!

学校门口,站着几个等待家长接他们回家的孩子。他们是娜塔莉、格雷戈尔、小霸王龙蒂诺和米琦兄妹。

"我妈开的是一辆新得扎眼的敞篷跑车!"格雷戈尔一边抹去手里公文包(那是他的书包)上的灰尘,一边夸口说。

"那车在高速公路上能跑二百四十迈,可贵着呢!"

娜塔莉把鼻子翘得老高,像只东闻西嗅的豚鼠。她每回开口说话之前,都摆出这副样子。

"我爸车上的那台空调,制起冷来能把车变成一台冰箱!"

米琦把头上的船长帽正了正，狡黠地微微一笑，她哥哥小霸王龙蒂诺则自得其乐地吹着口哨。

"你们的爸爸恐怕连车也没有吧？"格雷戈尔抚平裤子上一道不起眼的褶皱，问道。

"他在船上，他用不着车！"米琦回答。"什么？你们没有车？"娜塔莉皱起鼻子问，格雷戈尔在一旁幸灾乐祸地坏笑。

"肯定又是那个怪里怪气的姑妈来接他们，手拉着手领他们回家。"

嘟！嘟！不远处传来了汽车喇叭声，那种老掉牙的汽车才有这种喇叭。"是乌尔克姑妈！"米琦在空中挥舞着帽子，兴奋地喊道。

"乌尔克？听上去像扑克！"娜塔莉笑道，格雷戈尔也跟着她咯咯地笑。

"是从乌尔丽克这个名字来的！"小霸王龙蒂诺耐着性子解释说。他抬起穿着厚重足球鞋的脚，把一块石子踢进了路边的排水沟。

"她这是开了辆什么车呀？是安在四个轮子上的垃圾桶吗？"娜塔莉继续嘲笑道。

米琦朝她扮了一个表示警告的鬼脸。"这话最好别让'哥伦布'号听到，要不它会排出一团臭气的！"

"什么？你们的车子叫'哥伦布'号？'哥伦布'号，

一辆会滚动的、臭气熏天的玩意儿！"格雷戈尔也跟着取笑。

就在这时，一只船头的轮廓从屋角后面显现出来，娜塔莉惊讶地皱起了眉头。

格雷戈尔扬起嘴角，发出一声："呃？"只见那船头后面的部分，渐渐过渡成一辆老式房车的模样，而车的尾部，却分明是带着螺旋桨的直升机机尾！

这个看起来很古怪的家伙拐进了克莱德大街，径直朝学校方向驶来。

格雷戈尔和娜塔莉惊讶地张大了嘴巴。

小霸王龙蒂诺和米琦则兴奋地挥动着双手，"哥伦布"几个金黄闪亮的大字就赫然写在那船头上。它看上去像一张宽阔的笑脸，而车灯就好比两只眼睛。

嘟嘟的喇叭声又一次响了起来。在一阵刺耳的刹车声中，"哥伦布"号停在了兄妹俩面前，副驾驶一侧的窗户吱呀呀地被摇了下来，一张戴着硕大圆形眼镜的面孔出现在窗口。

"哟嗬！"乌尔克姑妈朝他们喊，"快上来吧，你们两个！"乌尔克姑妈用询问的眼光看了格雷戈尔和娜塔莉一眼。这两个家伙现在还目瞪口呆地站在那儿，麻雀都能在他们张开的大嘴里做窝了。

"要把他们两个一块儿捎上吗？"乌尔克姑妈问。

"不用了，这两个可怜的家伙在等一辆会漏雨的没顶篷的车，还有一台安着四个轮子的冰箱！"小霸王龙蒂诺幸灾乐祸地回答。

"快上车，咱们得赶去博物馆！"乌尔克姑妈催促道。

车门打开了，小霸王龙蒂诺和米琦先后爬进了车子里面。"哥伦布"号的发动机愉快地轰响着，欢迎他俩的到来。等车门关上后，乌尔克姑妈踩下了油门。

学校门口，先缓过神儿来的是格雷戈尔，他充满不屑地说："什么破烂玩意儿呀！"

　　噗！"哥伦布"号的排气管里冒出一大团黄绿色的浓烟。它好像幽灵一般朝两个孩子飘移过来，还离得老远的时候，一股臭鸡蛋的气味儿，夹杂着浸透汗水的臭袜子味儿和那种多年未曾开启的抽屉的霉味儿，就朝他们扑面而来。

　　"恶臭警报！"娜塔莉尖声叫道。幸好这时，娜塔莉的爸爸和格雷戈尔的妈妈赶了过来，两个人逃也似的钻进了自家的车子。

动物语言翻译器

小霸王龙蒂诺和米琦舒舒服服地坐在后排柔软的沙发坐椅上，系上了安全带。这时，前排副驾驶座位的靠背上，冒出一团灰色细条状的东西，看上去活像扮成一根黄瓜的幽灵。小霸王龙蒂诺被吓了一大跳，连耳朵都一抽一抽的。

"好了，契克！"乌尔克姑妈无可奈何地翻着眼珠。

小霸王龙蒂诺定睛望去，这才发现那小家伙全身缠裹着细细的布带。那些布带正被一点点解开，松垂下来，一只小老鼠出现在他的面前，眼睛黑黝黝、亮闪闪。

"喂，你们这两只小海牛！"小老鼠小声嘟囔着。它伸出两只细细的前爪，麻利地系紧脖子上的黄色丝巾，又拿了一顶小小的手工编织的毛线帽戴在自己头上。

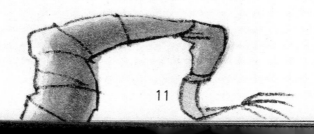

这小老鼠身穿一件无袖马甲，样式跟小霸王龙蒂诺的一模一样。马甲上众多的小口袋里塞满各种工具，每件只有牙签那么大。

"嗨，契克！"米琦和小霸王龙蒂诺跟他们的小朋友打招呼。

契克从两个座位中间挤过去，蹿到在后排坐着的米琦的肩膀上，挺起小肚子让米琦轻轻挠着。

"刚才看见我扮成木乃伊，吓得够呛吧？"契克得意地说。

契克的牙齿上戴着牙套，所以能说人话——这一点兄妹俩已经司空见惯了。那牙套里放了一台极其微小的电脑和扩音器，它能把鼠类的吱吱叫声翻译成人语。

"没有！"小霸王龙蒂诺使劲儿摇着头，头上的发卷儿跟着被甩来甩去。

"你这家伙，干吗要扮成木乃伊？"米琦一边问，一边胳肢得契克直发痒。

"就是想知道活生生地被裹成木乃伊是什么感觉。"

"咱们现在去博物馆，去找我的老朋友施莱恩教授。"前排的乌尔克姑妈说，"他在那儿负责埃及展厅，要给我们看一些东西。"

可是这时，他们前面的车子开始拥堵在一起。这是一条很长很长的大街，他们现在离最近的路口也还远着呢。透过车子的后窗，小霸王龙蒂诺看见格雷戈尔和娜塔莉分别坐在一辆红色敞篷跑车和深色大轿车里，跟了上来。而他们后面，还不断有车子开过来。"哥伦布"号现在夹在中间进退两难。

"咱们被牢牢地堵住了。"乌尔克姑妈着急地拍打着方向盘，"施莱恩教授在信里说，我们得火速赶过去。抓紧了，孩子们！还有契克！"说着，她拉动了旁边的一根操纵杆，那上面贴着一个酷似大肚儿雪茄烟的标签。紧接着，他们的头顶上就传来了哧哧、隆隆的声响。

敞篷跑车里，格雷戈尔的妈妈唉声叹气地抱怨着："我可赶着去理发店呢！离约好的时间只差十分钟了！要是赶不过去，我今天晚上可怎么去看戏呀！简直像只被拔了毛的母鸡！"她一边从后视镜里打量着自己的头发，一边绝望地揪扯着。

她旁边的格雷戈尔则惊讶地张大了嘴巴。

只见"哥伦布"号的顶部，有什么东西摇摇摆摆地升腾起来，好像一个红白条相间的帐篷，朝着天空一点点舒展开来。

娜塔莉坐在她父亲的大轿车后排座上，车上的空调往外吐着冰冷的冷气，弄得她起了一身鸡皮疙瘩。

"所有的车都该禁止上路！"她父亲骂骂咧咧地嘟哝着。他也在赶时间，他恨不得别人的车都被禁行，就他自己的车准许上路，那该多通畅呀。他叹着气，把头靠在了方向盘上。

此时的娜塔莉像只离开水的鱼儿一般，嘴巴一张一合地拼命吸气。"气球！"她惊诧万分地说，"气球！"

没错，一只巨大的气球从"哥伦布"号的顶部升起，它外面罩着的那层网已经充分地鼓起来了，而气球下面的"哥伦布"号——这个海陆空全方位的三栖探索者——被猛

地一拉，缓缓地离开了地面升向高空。不一会儿，四个轮子已经悬在了红色跑车的挡风玻璃前面。

坐在跑车和"冰箱"里的格雷戈尔和娜塔莉几乎一齐喊道："那辆船车……那个'哥伦布'号……它飞起来了！"

可是格雷戈尔的妈妈眼里只有她的头发；娜塔莉的爸爸正对着那台可怜的车载收音机哐哐乱敲，他想换个频道。

"嗯，嗯。"两个人心不在焉地回答，他们才不信呢。

"爸爸快看呀！"娜塔莉催促道。

"妈，我说的是真的！"格雷戈尔有点恼火。

"嗯，嗯。"两个人还是这么敷衍着。

坐在"哥伦布"号里的米琦着急地说："乌尔克姑妈，所有的人都能看见我们呢！"

乌尔克姑妈打了个响指，说："你的小脑瓜总是这么机灵，幸亏你想起这码事来了。"

说着，她把仪表盘上的 1 号按钮深深地按了下去。整个"哥伦布"号抖动起来，里面的几个人给颠得够呛。

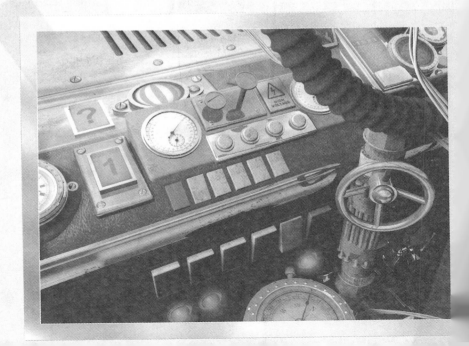

"哥伦布"号的外面，一张薄薄的变色隐形膜将气球和整个车体团团围裹起来。那薄膜能呈现出任何一种周遭环境的颜色，如同一只变色龙。

　　眼下，它呈现出天空的蔚蓝色，甚至还有一小块变成了一座灰色建筑的围墙和窗户。"哥伦布"号就这样从格雷戈尔和娜塔莉眼前消失了。等他们的父母终于决定抬眼望一望的时候，发现天空上什么也没有。"会飞的汽车？切！难道今天是四月一号愚人节吗？"娜塔莉的爸爸坐在他冰箱一般的车里骂道。

4月1日

星期四

　　坐在跑车里的格雷戈尔的妈妈只是不屑一顾地嗤笑一声。"哥伦布"号就这么神不知鬼不觉地飞行在这座城市的上空。乌尔克姑妈启动了机尾的螺旋桨，它立刻轰鸣着飞转起来，推动着"哥伦布"号在空中滑行。

　　"大家留心寻找博物馆！"乌尔克姑妈说。她虽然知道地址，但半空中可没有路牌。"施莱恩教授从来不打电话，也不用电脑，是个老古董。"她跟孩子们讲，"你们得瞧瞧他给我寄来的这张卡片！"她把一张对折起来的卡片递给后面的米琦和小霸王龙蒂诺。两个人刚打开卡片，蒂诺就吃惊地打了个呼哨：里面竟然有一具木乃伊！下面还写着一行字：*重大发现！需要帮助！快来！*

让我们自己动手，制作一个木乃伊的模型吧！

第一步：将纸片对折。

第二步：在对折处画好木乃伊的轮廓。

第三步：在对折处剪出细细的长条，每次都剪到画好的轮廓线为止。

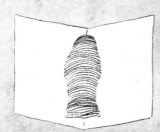

第四步：将卡片稍稍打开一些，把剪好的细条沿着对折线折到卡片里面。

第五步：打开卡片，一具木乃伊就跃然纸上了。

四处游荡的木乃伊

　　"哥伦布"号在博物馆平坦的楼顶轻盈地着陆了。一阵窸窸窣窣的声响中，变色隐形膜被收了起来，气球里的热气也开始噗噗地往外泄漏。"哥伦布"号兴高采烈地让自己的车灯闪了几下，还嘟嘟地响了两声喇叭。这可完全是它自己干的，但不论是乌尔克姑妈，还是两兄妹和契克，大家都见怪不怪。

　　乌尔克姑妈拉直自己鲜红的工装裤，把兜里的工具和各种笔弄整齐，这些东西她随时都带在身上。

　　契克蹲在米琦的肩膀上，抓着她的一根细细的小辫子。它正用怀疑的眼光打量

21

着房顶边缘的一座座石像。那些石像有狮子的身躯、人类的面孔，背上还长着怪兽的翅膀。

"火速前进！教授一定等得不耐烦了！"姑妈催促道。

于是几个人钻进一扇铁皮门，沿着陡峭的楼梯向下走去。博物馆的走廊里，每走一步都会传来回声，墙面和地面全是光滑的大理石。乌尔克姑妈朝着一扇门径直走去，那门的上方画着一只巨大的眼睛。兄妹两个则站在入口处，望着眼前的景象惊叹不已：就在他们的面前，厚厚的玻璃窗后面，存放着很多笨重的木乃伊棺椁，有的竖立着，有的平放着，展架里面也全是小型木乃伊。小霸王龙蒂诺和米琦走近细瞧，这才辨认出各种动物的身形：一只鳄鱼木乃伊，一只猫咪木乃伊，还有好多小得只有拇指那么大的木乃伊。

"那些是屎壳郎木乃伊！"一个又尖又亮的声音在他们耳边响起。所有人都吓了一跳，急忙转过身来，他们身后站着一个大腹便便的男子，脖子上挂着一只放大镜。"你们可来了！"他一边说，一边跟两个孩子挨个握手，表示欢迎。"我是施莱恩教授。"说着，他甚至还捏住契克的小爪子晃了一晃。

"是一个谜，一个非同小可的谜！"施莱恩教授自言自

语地嘟哝着，摇摇摆摆地穿过了大厅。他走到墙壁上的一个凹陷处，打开了那儿的一扇窄窄的木门。门后面是一间没有窗户的阴暗的屋子，屋里的光线来自天花板上悬着的一盏金字塔形吊灯。

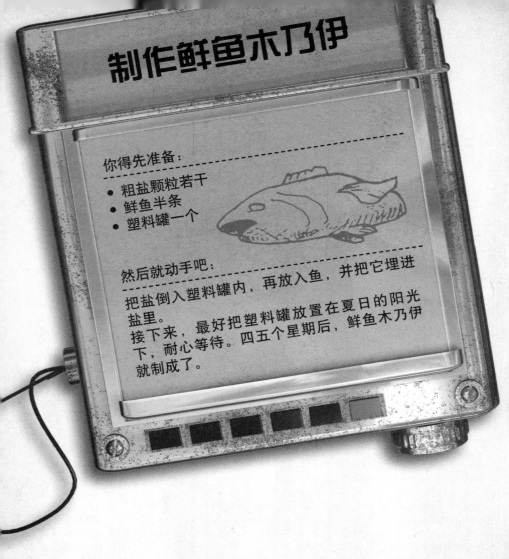

制作鲜鱼木乃伊

你得先准备：

- 粗盐颗粒若干
- 鲜鱼半条
- 塑料罐一个

然后就动手吧：

把盐倒入塑料罐内，再放入鱼，并把它埋进盐里。

接下来，最好把塑料罐放置在夏日的阳光下，耐心等待。四五个星期后，鲜鱼木乃伊就制成了。

契克的小鼻子尖儿抽动了几下，说："这儿好臭！有股渔船上的味道。"

小霸王龙蒂诺在一张光溜溜的木桌上发现了一条鲜鱼，旁边放着一堆亮闪闪的白色颗粒。米琦扯了扯教授身上那件磨得发亮的绿色针织衫，问道："这是您的午餐吗？"说着指了指桌上的鱼。

"是一个实验！"教授摆出一副郑重其事的面孔说，"我要把这条鱼做成木乃伊。"

"这胖老头脑袋里是不是进了海跳蚤呀？"契克趴在米琦耳边咯咯地笑道。

"这个你们自己也可以试着做！"施莱恩教授伸手把那些颗粒舀到一只塑料罐里，然后又从桌子的抽屉里拿出了另一个塑料罐，"这里面的这条鱼已经在里头放了三十二天了！"教授把上面的盐抹到两边，把鱼取了出来。小霸王龙蒂诺立刻凑上前去，不过小心起见，他先捂住了鼻子。

"这鱼已经又干又硬，像根棍子似的！"

"没错！"教授为了证实小霸王龙蒂诺的话，拿起鱼往桌面上敲打。梆！梆！梆！"从前，没有冰箱的时候，人们就是用这种方法来保存鲜鱼的。在埃及，那些死去的国王们也被放到一种盐堆里，直到完全被盐粒吸干，再裹上麻布条，制成木乃伊。"说着，他挥手示意几位客人继续朝前走。他带领大家来到几个巨大的木箱前，每一个木箱里面都放得下一辆小汽车。

屋子里都有些什么？

- 一张行军床
- 一盏灯
- 水罐和脸盆
- 几把椅子
- 一些包有文字的陶砖
- 一些炭画
- 一幅画
- 几件衣服
- 一件敞口和窄口上各放着几件器物的桌子

在木箱前面，还摆放着一些看上去挺神秘的玩意儿。

"这些东西是在一个埃及坟墓中发现的，它们应该大约有四千年的历史了。"教授解释道，"这个周末，这些都会陈列在博物馆里供人参观。"

教授一边说，一边不知所措地摆弄着挂在脖子上的放大镜。

契克和小霸王龙蒂诺仔细端详着那些物品。有几件很容易辨认，其他的就叫人捉摸不透。乌尔克姑妈用询问的目光打量着施莱恩教授，问道："别吞吞吐吐的，您准是碰到麻烦了。我是猜对了呢还是猜错了呢？"

施莱恩教授起先还有些犹豫，最后还是点了点头。他弯下腰，对大家耳语道："到了夜里，木乃伊会四处游荡！"他边说边把目光投向一只竖立放着的木乃伊棺椁。

听了这话，米琦露出了不屑的笑容："那我还可以说我的海马会嘶鸣呢！"

这时，契克和小霸王龙蒂诺也好奇地凑了过来。米琦咯咯地笑着，把刚才听到的话跟他们讲了一遍，而一旁的施莱恩教授则尴尬地咬紧了嘴唇。乌尔克姑妈朝两个孩子投来了严厉的目光，"他们两个没有恶意。不过您说的事情听上去有点不可思议。四处游荡的木乃伊？这个只有恐怖故事里才有。”

施莱恩教授叹了一口气：“但是这个博物馆里也有。”施莱恩教授脑门上已布满亮晶晶的汗珠。他从腰带上一个大大的钥匙环上取下三把钥匙，打开了一个用厚重木板打造的橱柜上的三把锁。他小心翼翼地从里面取出一个落满灰尘的包袱，掀开包袱的四角，把里面的东西拿给乌尔克姑妈看。

米琦也踮起脚尖，想看个究竟。只见包袱里放着一块金子做成的护身符，上面镶嵌着红的、绿的宝石，它们反射着屋顶吊灯的光线，格外夺目。“哇塞！”米琦禁不住惊呼。

难道是宝石里面射出了什么光芒吗？小霸王龙蒂诺也好奇地凑了过来。

“这是个什么奇怪的图样呀？”他指着护身符上那七块价值连城的宝石问道。

施莱恩教授一副愁眉不展的样子，小声对他们耳语道：“这护身符可能被施了魔咒。”说着，他拉开橱门，指着里面的一堆碎片，“我第一次取出这个护身符的时候，有两只价值不菲的古董陶罐碎掉了。我担心这不是个好兆头。要是我们把这块护身符放到陈列柜里去，整个博物馆或许都会塌下来。"

乌尔克姑妈难以置信地摇了摇头。就在这时，啪的一声，他们头顶上吊灯里的灯泡突然碎裂了，碎片雨点一般掉落下来。施莱恩教授吓得一激灵，手里的护身符都给扔了出去。幸亏乌尔克姑妈眼疾手快，一把接住了它。"灯泡有时候是会烧掉的。"她安慰大家道。

施莱恩教授则一脸疑虑地说："我把所有东西都拍了照片，包括好多盛放木乃伊的棺椁和木匣。"施莱恩教授把一小打图片递给米琦。米琦一张一张地仔细端详，惊讶不已。

提示：
你会在书里发现这些图片！

　　嗒嗒嗒，嗒嗒嗒。走廊里传来急促的脚步声，一位矮个子女士正急匆匆地朝施莱恩教授走来，她身后跟着一个脚步笨重的瘦高个，鼻子下面留着一小撮一字胡。

　　乌尔克姑妈突然感觉到，最好别让这个男人看见护身符！于是她顺手把那玩意儿塞进了外套的上衣口袋。

　　"下午好，馆长！"施莱恩教授尴尬地跟那位女士打招呼，额头上流的汗越发多了，而后他又对那男子说道："克拉卡托教授，您有何贵干？"

那男子嗤笑了一声，一副来者不善的样子。

契克打了个寒战，一口气爬到了小霸王龙蒂诺的肩膀上。"这可是个嘴里能吐出冰块的家伙。"他对着蒂诺的耳朵眼嘀咕道。

馆长女士一脸不满地摇摇头，她的头发吹得高高的，脑袋上好似顶着一个小塔楼。"展览还没准备好，施莱恩。你还要我等多久？"

克拉卡托教授背着手，踱着步子来到了旁边堆放的几件物品前面。

他用鞋尖指着那些东西，问道："我说这位同仁，这些都是什么呀？"

契克嘀咕着问蒂诺："同仁是什么呀？"

"这位教授肯定也是研究古代埃及的，跟施莱恩教授一样。"小霸王龙蒂诺小声跟他解释。

这会儿，施莱恩教授的汗水已经像蜿蜒的小溪一样顺着左右脸颊往下淌。

"这个您一定都搞清楚了吧！是您执意要买下这个古埃及墓的！为这个我可是出了大价钱！"馆长女士说起话来简直像一位人见人厌的女教师，她一边说，一边不耐烦

地用脚尖在地上敲敲点点。"我当然可以向您报告有关墓葬的详细情况。"施莱恩教授说，但随后又用警告的语气补充道，"不过，有关报道称这个古墓被施了邪恶的魔咒，这魔咒可能会招致巨大的灾难。"

馆长女士不以为然地皱了皱鼻子。

就在这时，他们身后的门突然间自己转动了，只见它越转越快，直到最后砰的一声关闭。那木门重重地砸在门框上，居然震得木屑飞溅，散落了一地。

从这惊魂一刻中缓过神儿来之后，馆长女士挺直了身板，说："施莱恩，明天是最后期限，到时候我可要知道这些东西到底有什么门道。还有，所有关于墓葬的资料，棺材里埋葬的是哪一位法老，等等。"

那位克拉卡托捡起一个弯曲的白色木棒，把其中一头拿在手里抡了几下，这玩意儿让小霸王龙蒂诺想到了一样东西。

蒂诺想到的是什么东西？

"你说这玩意儿是古埃及的？"克拉卡托不屑一顾地说，"我看这八成是些一钱不值的破烂儿，一些廉价的赝品。"

听了这话，馆长女士恼火地抱住了自己顶着小塔楼的脑袋，仿佛害怕它会散掉似的。

"什么？赝品？一钱不值？施莱恩！"她怒不可遏地盯着施莱恩教授说，"要真是这样，我就让你走人！"

克拉卡托一闪身站在了她的身旁，很绅士地朝她伸出

肘弯，馆长女士拎住他的胳膊，两个人一同走开了。"最好
的办法就是把这些玩意儿全都再卖出去。"克拉卡托沙
哑着嗓子说。这话被契克、乌尔克姑妈、施莱恩
教授和两个孩子听得一清二楚。

"这只黏糊糊的臭海参、假惺惺
的马屁精！"契克骂道。

几个人刚把门关
上，米琦就打了
三个响指。"乌尔
克姑妈，咱们能不
能……"

无须多说，
乌尔克姑妈就明白了米
琦的意思，她一边扶正鼻
子上的眼镜，一边点点头。
"对，当然可以，这就行动！"

施莱恩教授额头上堆起了一堆皱
纹，看上去真像只腊肠犬。这回他
真是一头雾水了。

时空穿梭机

　　为了第一个回到"哥伦布"号上，米琦三步并两步地冲上通往屋顶的楼梯，而小霸王龙蒂诺则顺路绕进了一个长长的大厅。

　　那儿摆放着一具剑龙的骸骨，那家伙足足有四辆汽车那么长，要是还活着的话，它的脑袋能直接看到三楼的窗户。

　　大厅的另一侧耸立着一具霸王龙的骸骨，它张着大口，高大的身躯拔地而起，咄咄逼人地站在那儿。蒂诺朝它眨了眨眼睛，它可是蒂诺最心爱的动物，蒂诺也正是因为这个得了"小霸王龙"这么个绰号。"嘿，你这只慢吞吞的小海螺！我们得走了！"契克着急地催促他。为了引起注意，它在蒂诺面前上蹿下跳了好一阵。蒂诺点点头，弯下腰把手掌伸给契克，契克立刻跳了上去，好像站到了一艘船的指挥舰楼上。

小霸王龙蒂诺和米琦的爸爸，阿尔伯特·达姆普夫，是一艘远洋舰船的船长，他几乎常年都漂泊在大海上，所以兄妹两个跟姑妈生活在一起。他们已经没有妈妈了，但这件事他们从来都不愿意提起。乌尔克姑妈对他们来讲就像第二个妈妈，而且，还是他们最最要好的朋友——要多好有多好。她平时经营一家小型汽车修理厂，世界上没有什么她修不了的东西。

有空的时候，她就搞一些发明，动手制作一切脑子里想到的东西，所以就有了那个能翻译契克叫声的牙套。

不过，乌尔克姑妈最了不起的作品还得算"哥伦布"号。

所有人都到齐以后，乌尔克姑妈在仪表盘上开始了操作。

"全部系好安全带！"她命令道。

他们有一只只有一根指针的表，蒂诺眼看着姑妈把那指针向后调去。

"四千年！"他听见姑妈小声嘟哝，他知道那是什么意思——他们现在要回到四千年以前。

接下来，乌尔克姑妈把一个小地球仪拿到方向盘旁，又把一面小小的旗子插在一根长长的蓝色线条上。"我们要去埃及，尼罗河畔的古老王国！"

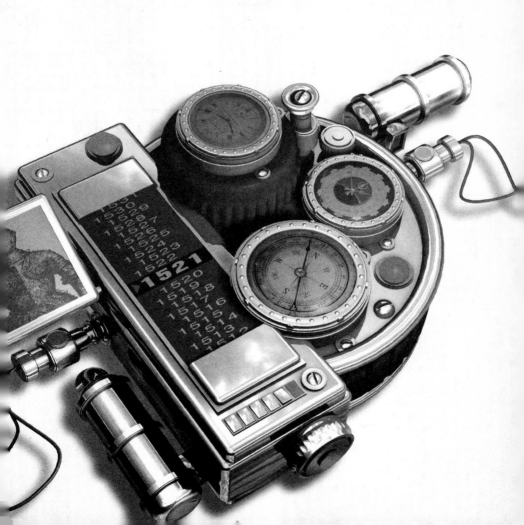

尼罗河

全长大约六千六百七十一公里，是古埃及人民赖以生存的重要河流。尼罗河每年都会漫过河堤，在两岸形成能够种植谷物的淤泥地，泥地之外，就是干涸的沙漠。从前，穿越埃及旅行最简单的方法，就是坐船沿尼罗河航行。

乌尔克姑妈从坐椅下面拿出两个防撞头盔和飞行眼罩，分给了蒂诺和米琦。契克也有自己的迷你头盔，它坐在两兄妹中间，肚子上也系着一条细细的安全带。乌尔克姑妈麻利地按下了一个钥匙状的按钮，四扇门立刻一齐上了锁。最后，乌尔克姑妈用力把方向盘拽了出来，换上了一个类似船上舵轮一样的东西，像对待马儿一样轻轻地抚摸着它，并对他们的海陆空全方位探索者说道："好吧，'哥伦布'号，让我们见识一下你的本领吧！""哥伦布"号立刻发出了愉悦的嘟嘟声。

这时，一架警方的直升机突突突地朝博物馆的屋顶飞来，原来娜塔莉报了警，声称有威胁城市安全的不明飞行物。这会儿，直升机里的警察们正朝着"哥伦布"号指指点点。虽然它现在没有飞行，但这样一辆车出现在博物馆屋顶，总是很可疑的，警方马上就要展开调查。

"真得快点离开了，'哥伦布'号，快，起飞！"乌尔克姑妈一边嘟哝，一边把仪表盘上的一个黄色操纵杆拉向了另一边。而这时，警方的直升机已经降落在了"哥伦布"号旁边。

透过飞机的挡风玻璃，警察们惊讶地发现那辆古里古怪的汽车在刹那间变得光亮夺目，如同一道宽幅的闪电。他们还没来得及发出一声惊叹，"哥伦布"号便在刺耳的呼啸声中腾空而起，直上云霄，最后变得像夜空中悬挂的星星那样小。博物馆屋顶上，只剩下两位警察站在那儿，束手无策。

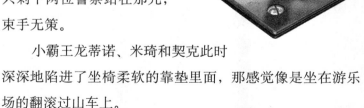

小霸王龙蒂诺、米琦和契克此时深深地陷进了坐椅柔软的靠垫里面，那感觉像是坐在游乐场的翻滚过山车上。

乌尔克姑妈想喊一声："时空穿梭机！"可她嘴里喊

出来的声音听上去却是："iii-ongongong-uanuanuan-uououo-iii！"

"哥伦布"号继续在高空飞行着，从窗口望去，时不时能看到飘忽而过的卫星，而地球就是一个蓝色的球体。

不一会儿，整个"哥伦布"号颤抖和震动起来，舱里的所有东西都随着震颤发出丁零哐啷的声响。随后，"哥伦布"号开始旋转，就像洗衣机的脱水缸一样，先是慢慢地转，然后越转越快。

"啊！"米琦、契克、蒂诺和乌尔克姑妈禁不住拼命叫喊着。"哥伦布"号正加速朝着地球俯冲下去，仪表盘的一个指示屏上，所有数字在向后飞转，由于转得太快，竟然都冒起烟来。

10，9，8，7，6，5，4，3，2，1……开始！

刹那间，兄妹俩听到一声震耳欲聋的轰响，仿佛有一百只气球同时爆炸。

大事不好！

着陆可真不是闹着玩的，幸亏所有人都系上了安全带，要不脑袋非要撞到顶棚上去不可。最终，"哥伦布"号轰响着降落到了地面上，它的发动机有气无力地响了一阵后，终于疲惫地熄了火。

　　首先映入米琦和小霸王龙蒂诺眼帘的，只有一片灰黄。

　　"我们掉进海里了！黄海！"小霸王龙蒂诺不安地说。

　　"哪有什么黄海呀！"米琦反驳他。

　　"有！"蒂诺不甘示弱。

　　"没有！"

　　"有！"

　　"没有！"

契克摘下自己的迷你头盔，说道："以我大海怪的法眼来看，黄海是……"

话说了一半就卡住了，这对契克来讲可是遇到十二级风暴都不会发生的事。只见它闪亮的黑眼睛瞪得老大，蒂诺顺着它的目光朝驾驶员座位望去，立刻明白发生了什么事。

蒂诺失声尖叫道："乌姑？你哪乌姑？"每当万分焦急的时候，蒂诺说起话来就会漏字，其实他想说："乌尔克姑妈？你在哪里，乌尔克姑妈？"

"哥伦布"号也疑惑不解地响了两声喇叭。

蒂诺和米琦啪啪两下解开安全带，一下子蹦到驾驶员的位置上——那座位的确空空如也。

乌尔克姑妈就这么毫无预兆地消失了！

她的安全带还好好地系着，但只是松松垮垮地搭在坐椅后背上。

这会儿，"哥伦布"号窗外的灰黄色已经散去了一些。原来那是"哥伦布"号在沙漠着陆时搅起的沙尘暴。

究竟有没有"黄海"呢？

黄海的确是存在的。它是太平洋西部的一个边缘海，被朝鲜半岛与中国大陆所环抱。

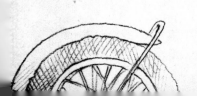

契克在"哥伦布"号的厚绒地毯上窜来窜去，又跳到乌尔克的座位上，像只警犬一样嗅来嗅去。

"她坐过的地方还是温热的呢。"它煞有介事地报告。在所有门窗的那些把手和手柄之间，契克灵活地绕来钻去，它在一个角落里找到了一个带有铜棒的圆球，铜棒是镶到圆球里面的。

"门是锁着的，封住了，牢不可破！"契克喊道。

小霸王龙蒂诺伸手捋着自己蓬乱的鬈发。这怎么可能呢？安全带也没解开，门也是牢牢锁住的，乌尔克姑妈是怎么出去的呢？

"哥伦布"号自动启动了刮雨器，把前面的挡风玻璃擦得干干净净。就在他们面前，肯定不出一百步，就有几所方形的白房子，让人联想起放鞋的纸盒。房子中间的空地上，有几棵棕榈树在随风摇摆。

"乌尔克姑妈到底出了什么事？"米琦焦急地喊。

这个问题，蒂诺和契克谁也没法回答她。

"咱们必须得找到她！"米琦催促道。

但是从何找起呢？

离那几所房子稍远一点的地方，有一座略高一些的建筑，它带有一个方形塔楼。那塔楼上站着一个身穿深蓝色长袍的男子，他正目不转睛地望着"哥伦布"号。

"在古埃及，连汽车都没有，更别提'哥伦布'号这样的海陆空三栖交通工具了。"蒂诺想起了这一点，"咱们得把它藏起来。"

蒂诺爬到副驾驶的座位上，一一端详着仪表盘上那些指示器、开关、把手和按钮。

"变色隐形膜！"契克叫道。刚才在城里的时候，它不就帮了很大忙吗？现在，他们试着按下了一个按钮，成功了！头顶上传来的窸窸窣窣的声音表明变色隐形膜已经打开，那薄如蝉翼的透明薄膜渐渐把"哥伦布"号笼罩起来。

蒂诺应该按哪个按钮？

米琦观察着塔楼上的那个男子，虽然隔着挺远，米琦还是能够看到他吃惊地张大了嘴巴，眼睁睁地看着这神秘飞行物一点点地消失。

契克伸出细细的前爪，指向一个收音机模样的仪器。它的显示器前方贴着蒂诺、米琦、契克和乌尔克的笑脸。

"把指针调到乌尔克上。"契克指挥蒂诺。于是蒂诺转动按钮，把一个红色的小柱子移到了乌尔克的照片上。然后，契克自己用爪子按下了一个带着问号的按钮。

旁边的话筒里传来了一阵噪声。

"这个装置能找到我们之中任何一个。"契克郑重其事地说，"要是它也找不到乌尔克，我会吃惊得瘫倒在地，像条又扁又平的比目鱼。"

这时，话筒里果然传来一个女人的声音，它似乎来自很遥远的地方。然而，那不是乌尔克姑妈。蒂诺和米琦把耳朵使劲儿贴近了话筒，仔细听着。

"尼罗河畔王国的神圣统治者！"那女人说道。

接下来是乌尔克姑妈的声音："您把车开过来吗？只是车身受损还是发动机也损坏了？……呃……这修理厂不是我的，我这究竟是在哪儿呀？"

可是再接下来，噪声越来越大，渐渐地什么也听不清了。之后，几个人再也没法捕捉到乌尔克姑妈的任何讯息了。

契克的几根小胡须不停地抖动着。"尼罗河畔的统治者。"它重复着,"咱们在尼罗河附近,乌尔克也是。她肯定离我们不远。"

"出发!"听到米琦的命令,"哥伦布"号顺从地打开了一扇门。顿时,热浪朝她迎面袭来,仿佛一只巨大的拳击手套。

蒂诺抓住衣领把她拉了回来。"你想就这么出去吗?"他边说边指了指米琦的船长服和印着条格的裙子,"看我们这身打扮,人家会以为是外星人呢!"

尽管很不情愿,米琦也不得不承认蒂诺说得有道理。

于是契克建议:"咱们借着变色隐形膜的掩护,再靠那些房子近一点。这样就能打探到古埃及的人都穿什么样的衣服了。"话音刚落,"哥伦布"号立刻关上了舱门。

小霸王龙蒂诺一下子蹦到了驾驶员座位上,可是他的脚还够不到下面的脚踏板。

"让我来,我比你高!"米琦说。话是没错,可她只比蒂诺高那么一丁点儿,她的脚也够不到下面的脚踏板。

"这样吧，你跪在下面负责控制刹车和油门，我来操纵方向盘！"蒂诺提议。

可米琦还想换过来呢。

这时，"哥伦布"号自动启动了发动机。"你要带我们过去吗，'哥伦布'号？"小霸王龙蒂诺兴奋地问道。"哥伦布"号的方向盘震动了起来，表示它答应啦。"哥伦布"号开起来了，一会儿加油，一会儿刹车，不过，方向盘是需要兄妹俩来操纵的，这对蒂诺来说根本不成问题。

"哥伦布"号小心翼翼地行驶着，这里的地面凹凸不平，到处是石块。蒂诺紧紧地抓住方向盘，而米琦和契克可被颠得够呛。

最后，他们终于开到了那些房子跟前。"哥伦布"号选择了一个理想的位置停下来，让兄妹两个正好能够把一条小街里的景象看个清楚。

鳄鱼和猫咪

    小霸王龙蒂诺裹紧了穿在 T 恤衫外面的马甲，米琦也把自己心爱的船长服系上了纽扣。不，他们才不要光着身子到处乱跑呢。

    契克高高地跳了起来，用爪子抓住了安在顶棚上的一个把手。它像表演空中飞人一样在把手上打着秋千，又是拉又是扯，总算把一个盖子打了开来。盖子里面有好多的格子和抽屉，里头全部装满了各种工具，有钉子、螺丝、扳手什么的。

    "你要找什么？"小霸王龙蒂诺问它。

    "剪刀啊，得给你们把头发剪掉。"契克说。

听了这话，蒂诺两只手一下子捂住了自己的脑袋。不，他的鬈发可不能剪掉！同样，米琦更不愿意剪掉自己的两根小辫子。

"嘿，你们的头发很快又会长出来的！"契克把剪刀一张一合的，试着说服他们。

在古埃及，只有一边留头发的是男孩还是女孩？

孩子。

为了不引人注目，蒂诺和米琦非得光着身子出去吗？

不是，只有穷人的小孩才光着身子。

"我自己去找乌尔克姑妈！"米琦决定，但蒂诺可不赞成她这么做。无奈之下，他只好极不情愿地让契克剪掉自己的头发，剪得只剩下一个长长的发鬈垂在脑袋一边。

在坐椅靠背的后面，有一只装满各种物件的箱子。米琦打开箱子，在里面翻找了一阵，最后抽出来一块褐色的桌布和好多根布条。米琦准备用这些东西给蒂诺和自己缝制埃及服装。这时，"哥伦布"号上的显示屏亮了，米琦能从显示屏上把埃及服装的样式看得一清二楚。

埃及连衣裙

布料的长度至少要有从腋窝到膝盖那么长。将布料围在身上，两端要留出足够宽的幅度叠合在一起，再用大头针固定住布料。最后剪出两条细细的布带，把它们缝到布料上做肩带。

埃及短裤

将一块布料像围裙一样围在腰间，用绳子或者带子扎紧。另取一块窄一点的布料，将其一端缝到后腰处，另一端向前穿过两腿之间，固定在腰带上。

埃及法老的布冠

找一块约有餐巾那么大的方巾，如图所示，把它蒙到前额上，把方巾的两边捋到耳后，再用几个发卡别住方巾下缘。一顶布冠就完成了！

法老胡

法老们在刮掉胡子之后，会给自己戴上假胡子。这个我们用卫生纸的筒芯就可以做成。

首先，把筒芯弄成图中所示的形状，再用彩色胶带把它缠裹起来。

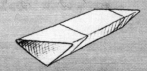

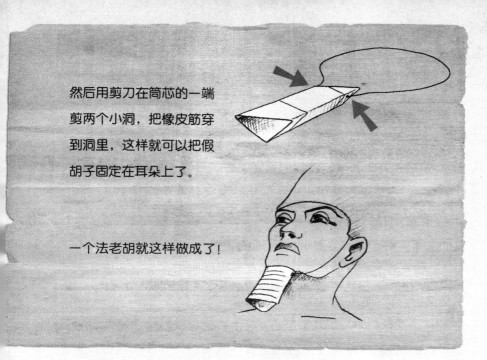

然后用剪刀在筒芯的一端剪两个小洞，把橡皮筋穿到洞里，这样就可以把假胡子固定在耳朵上了。

一个法老胡就这样做成了！

契克也一头扎进那箱子里，之后有好长一阵子，只听见布料撕裂的声音和契克的小声咕哝。等它再钻出来的时候，小霸王龙蒂诺惊讶地吹了一声口哨。"你看上去简直就是个法老！"

"给我跪下，你们这两只小海马！"契克得意扬扬地学着法老的样子命令道。不过，他们可没有多少时间继续开玩笑了，他们得去找乌尔克姑妈。

"请让我们出去吧！"米琦说。于是"哥伦布"号再次打开了一扇边门，兄妹俩和契克敏捷地从变色隐形膜里钻出来，走进外面的热浪中。

在飞扬的尘土中，有什么东西朝他们滚动过来。酷爱足球的蒂诺觉得这个圆滚滚的东西是一个球，于是用脚把它拦了下来。它看上去并不像蒂诺平常见到的足球，它很硬，里面还有东西发出沙沙的声音。

一个跟蒂诺年纪相仿的男孩朝兄妹两个跑过来，他们好奇地打量着蒂诺和米琦。

"你们是住在这儿的吗？"

蒂诺心里暗自称奇：那男孩说的明明是外语，可是自己却能听懂他的话！

"我们来自很远的地方！"米琦替哥哥回答。

自己的嘴里竟然说出了古埃及人的语言——这也让米琦惊讶不已。

这会儿蒂诺才看清，那球被涂得五颜六色的，他弯腰去捡的时候，发现那球沉甸甸的。

"我是鳄鱼。"男孩自我介绍道。这时，一个小一点的女孩好奇地凑上前来。"这是我妹妹猫咪。"

"这是你们的昵称吗？"米琦问。

男孩一脸不解地看着她。

他有些着急地又重复了一遍："我的名字叫鳄鱼，我妹妹叫猫咪。"

"我是小霸王龙蒂诺！"蒂诺朝男孩伸出了手。

"小霸王龙？"鳄鱼喃喃地重复道。

"这些金字塔里的小鱼们还不知道霸王龙是什么呢！"契克趴在蒂诺耳朵眼上嘀咕。它原本坐在蒂诺肩膀上，说完这话，它一闪身躲到了蒂诺脖子后面。

那小女孩长着长长的、深色的头发，米琦的金黄色头发让她感到非常奇怪。她抓住米琦的手，拉着她就走。

"跟我来，妈妈今天教给我怎么给眼睛化妆。你可以告诉她怎么样能把头发染成金黄色。"

米琦根本来不及反对，就已经被她拉扯着跟跟跄跄地往前走。猫咪虽然个子小，力气可真够大的。

小霸王龙蒂诺凡事总爱刨根问底："其他小孩也都取了动物的名字吗？"

鳄鱼点了点头。

蒂诺心中暗想：幸亏今天没有这么取名的了。要不然，在我不愿意洗澡的时候，爸爸非管我叫浣熊或者屎壳郎、臭鼬什么的不可。

"把球扔给我！"鳄鱼说。蒂诺照他说的做了，鳄鱼灵巧地接住了球。

"里面沙沙作响的是什么？"蒂诺问。

"珠子！"鳄鱼回答。

房子里面总算比外面凉快一些。米琦看到房屋的四角都有粗大的石柱和木质顶梁柱，墙壁上涂着淡黄或者淡红的颜色。屋内的桌椅是木质的，屋里没有橱柜，只有箱子。猫咪的妈妈是个身材苗条的女子，看样子她很富有，因为一个女侍者正在帮她穿上一件薄薄的白色长袍，让米琦觉得非常奇怪的是，她的头被剃得光秃秃的！

　　"过来，猫咪！"猫咪的妈妈叫她。于是猫咪来到妈妈面前的一个矮桌旁。

在古埃及，很多妇女和男子都剃光了头发。他们把真人的头发制成很有艺术性的假发套，戴在头上。

"可以让新来的小女孩也跟着看看吗？"猫咪问道。她的妈妈没有反对。

米琦看见那埃及女人从坩埚里取出黑色和绿色的粉末，把它们分别倒入盛着油的小碗里。

"这些是用各种发光的宝石磨成的粉！"猫咪激动地说。

只见猫咪的妈妈用手指尖在眼皮和眉毛上画出了粗粗的黑色线条，黑色线条的上面又抹上了一道蓝色。

让米琦感到好奇的还有猫咪妈妈手里的镜子，那是一块打磨得极为光亮的金属片。

埃及镜子

在打磨光亮的金属片里看到的自己是什么样子的呢？去拿一个汤匙，对着它看看里面的自己，你就知道啦。

化一个埃及眼妆

古埃及妇女的眼睛是化妆成
这个样子的。

古埃及文字中，眼睛的写法
就如下图所示。

"今后你也要像我这样给眼睛化妆，"妈妈对猫咪说，"这样，你的眼睛在烈日下就有了保护。"

蒂诺跟鳄鱼玩球的时候，发现他胳膊上有一道红色的血印。"你把自己弄疼了吧？"蒂诺同情地说。

鳄鱼苦笑了一下："是我们老师弄的。我上课的时候走神儿了，脑子里在想爸爸新买的那条船，所以他就打了我，用教鞭打的。"

听了这话，小霸王龙蒂诺暗自庆幸自己没有生在古埃及。这时，鳄鱼跑到屋子里面，再出来的时候，手里拿了一块灰色的陶土板子，上面刻着蒂诺不认识的文字，鳄鱼的另一只手里还拿着一支尖尖的金属笔。

莎草纸

古代埃及人制造过一种类似纸张的东西。他们把纸莎草的茎（跟芦苇有点相像）裁剪成细条，再把这些细条像编草席一样编在了一起，一层叠着一层，最后压紧。等晾干以后，就可以在上面书写文字了。英语里的纸（Paper）这个单词就是从纸莎草（Papyrus）来的。

"你看，老师让我们写的字有这么多呢！"鳄鱼边说边翻着白眼，表示他自己是多么讨厌写字。他从一个盒子里取出一块卷在一起的纸，把它摊平。小霸王龙蒂诺弯下腰去端详，这纸跟他作业本里的可不太一样，摸上去很粗糙，上面画着很多小小的图片。

"老师把所有的字都写在这张莎草纸上了，我们得学会这些字，要写得跟他一样漂亮才行。"

　　小霸王龙蒂诺让鳄鱼给自己一一讲解这些文字的意思。这些文字他在博物馆里见到过，它们被称为古埃及象形文字。

古埃及象形文字

写着古埃及象形文字的图片就在这本书的"探险工具包"里!

　　"你能把这张莎草纸送给我吗？"蒂诺央求鳄鱼。

　　"没问题。我会跟老师说，这张被茹茹偷走了。"

　　"你跟哪个老师学习呀？"鳄鱼问小霸王龙蒂诺，"他怎么不教你写字？"

　　蒂诺不安地朝米琦张望着，还是她的嘴巴更会说话。现在，蒂诺该怎么回答他才好呢？

　　"你们住在哪座房子里呀？"鳄鱼继续追问。蒂诺这时已经满头大汗了，这可不光是天热的原因。

　　而且他还口渴得厉害，并且想上厕所。古埃及有没有马桶还是个问题。

　　蒂诺尴尬极了。他吞吞吐吐地说："呃……呃……

我……得方便一下。"

鳄鱼一脸坏笑地看着蒂诺局促不安的样子。"屋后面的
地上有个坑。"

蒂诺满脸涨得通红。

鳄鱼咯咯地笑了:"农民才在坑里方便
呢,我们用别的东西。跟我来。"说着把蒂
诺带到了屋里一处帷幔前。帷幔后面的一堵墙
上有一个深深的凹槽,这在蒂诺看来更像一个猫的便盆,
也没有冲水的装置。等他上完厕所从帷幔后面走出来的时
候,听见鳄鱼喊了一个名字,一位侍女应声走过来,端起
盛着沙子的便盆走开了。

猫咪和米琦从房子的另一侧走过来,两个人眼睛上都
像成年女子一样涂着弯弯的黑道,看样子可得意呢。

"你带我们的客人见过茹茹了吗?"猫咪问。

可鳄鱼好像对茹茹没有什么特殊的好奇心,于是猫咪
叫来一位侍女,吩咐她把茹茹带来。

不一会儿,侍女带来了一只毛茸茸的、一脸调皮相的
小动物。"一只猴子!"米琦惊讶地脱口而出。

"它会爬到棕榈树上摘甜甜的枣子,是我们教会它
的!"猫咪自豪地说。

"从哪儿蹦出这么只水蜘蛛?"还一直趴在蒂诺肩上

的契克愤愤不平、酸溜溜地说，"你们到现在也没找到乌尔克！"

　　这时，茹茹发现了它。它好奇地抬起脑袋，高兴地尖叫着挣脱了侍女的手，一下子扑到蒂诺身上，用爪子抓住了小小的契克。契克恼怒地吱吱叫着，四只爪子使劲儿扑腾，茹茹抓得它太紧了。契克喘着粗气骂道："放开我，你这长尾巴猴！你耳朵叫海参给塞住了？放开我！"

　　茹茹抓着契克，一溜烟跑开了。它沿着一排石头台阶敏捷地爬到了高处。"站放契！"蒂诺着急地喊。其实他是想说："站住！放开契克！"

大熊星座

假冒的女王

茹茹一口气爬上了房顶。所有房子的墙壁都挨在一起，房顶非常平坦，茹茹就这样一直紧紧抓着契克从一个房顶跑到另一个房顶。

鳄鱼和猫咪跟着追了上去，又是喊叫，又是挥手。他们灵巧地爬过高高的陶罐，抓住杠子把身体一下子荡到高处，看上去真是轻车熟路。

就连面前一堵高高的墙也没能拦住他们，只见猫咪踏上墙角的几块石头，一纵身就跃上了墙头。

米琦和小霸王龙蒂诺费了好大劲，才能远远地跟在后面。

这时，鳄鱼用警告的语气大喊："小心！"但为时已晚。

茹茹转眼已经跳上了最高的房顶，猫咪正想追过去，突然被一个身穿深蓝色长袍的瘦高个男子拦住了去路。那人挂着一根金光闪闪的拐杖，左右脸颊上垂着两个长长的卷曲的发卷。只见他敏捷地伸出手臂，一把就抓住了茹茹，伸直了胳膊把它举在自己面前。

猫咪惊恐地往后退了几步，眼前这个男子叫她感到害怕。

小霸王龙认出了这个人，他就是刚才那个站在塔楼上观察"哥伦布"号的男子。

"把那两个陌生人交给我，我就把你们的猴子放了！"那男子的声音很低沉，像轰隆隆的雷声。

契克继续挣扎着，一口咬住了茹茹的爪子，可茹茹就是不肯撒手。

小霸王龙蒂诺的脑筋飞快地转动着，连两只耳朵都不自觉地抽动起来。

那男子走起路来步伐僵直，他站在上面向下看，身子却是直挺挺的。

"你们不会有事的，"他保证道，"但是我得跟你们谈谈。"

"这是谁？"米琦问鳄鱼。

"他叫尼泰克，是个占星者。他经常在白天睡觉，要是我们玩耍的时候太吵了，他就从塔楼的窗子探出头来骂我们。"

"你们给我过来！"尼泰克命令道。这时，他发现了契克，于是伸出尖尖的手指揪住了它的袍子，把它像一只刚出生的小狗一样高高举起。契克拼命挣扎着，大声尖叫着表示抗议。于是尼泰克放开茹茹，把契克锁进了一只深色木材制成的小箱子里，而茹茹一溜烟逃跑了。

"你们的宠物在他手里！"猫咪有些担心地说。

箱子里传来契克愤怒的咒骂和敲打声。

小霸王龙蒂诺不再犹豫了。他继续往前爬，他的妹妹紧随其后。尼泰克连个招呼都不跟他们打，转身从墙上的一个入口径直走进了他的塔楼。箱子在他手里，兄妹两个除了跟他走别无选择。

"我们……我们在家里面等你们！"下面的猫咪向他们保证。

塔楼里的房间是正方形的，四壁刷成了蓝色，角落处点着白色的圆点。

尼泰克把头探出窗户，确认猫咪没有跟来，然后才朝角落里依偎在一起的兄妹俩转过身。

"你们带来的那辆神秘的车子在哪儿？"他直奔主题。

小霸王龙蒂诺起了一身鸡皮疙瘩。

"我夜观星象，知道今天会有一辆车子给我们带来前所未有的东西。"

他伸出长长的、骨节突出的手指，指了指天花板上的七个点。蒂诺想起父亲曾经教自己看过这个星座图。

这个星座叫大熊星座。

蒂诺还是感到口渴，非常渴。他的舌头感觉就像吸墨水的纸一样。

就在他们身旁的一根柱子上，放着一只陶土容器，那里面的水正滴滴答答地滴落在下面的第二只陶土盆里，那只盆的内壁上刻着好多圆圈。

蒂诺鼓起全部勇气，指着水问道：

"这个……我可以喝一点吗？"

尼泰克生气地摆了摆手。

"这是我用来看时间的。太阳升起的时候，我把第一个盆注满水，到太阳落山时，它里面的水正好全部滴完。"

说完，他走到一个箱子旁，掀开盖子，拿过一只瓢和两只碗，盛了牛奶给蒂诺和米琦喝。那牛奶闻上去跟他们平时喝的可不一样。

"这是山羊奶！"兄妹俩把奶喝光了之后，尼泰克告诉他们。

山羊奶酪可是米琦爱吃的东西，她不由得舔了舔嘴唇。

蒂诺则不自在地打了个哆嗦。

尼泰克从箱子里拿出两块面包，它们的形状竟然酷似一条鳄鱼。

"是面包店里新鲜出炉的！"尼泰克说，他的语调很有

制作一个滴水计时器

取一个较大的塑料瓶，用针在它的底部钻一个洞。把塑料瓶里注满水，但不要盖上盖子，最好把它放到一个倒扣在大盆中的花盆上。

水会慢慢地流淌出来。在瓶子的侧面贴上一个纸条，每过一分钟就在纸条上标记出水面的高度。

瓶子空了以后，再注满水。看一看，你的滴水计时器显示的时间能有多准确。

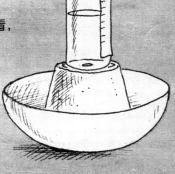

诱惑力。他把两只碗放回箱子，盖上盖子。

关着契克的另一只箱子里，传来了轻轻的敲打声和喊声："放我出来！你这只晕船的海象！"

尼泰克让米琦和蒂诺感到害怕。他们得救出契克，然后自己再设法脱身。

动手烤制埃及面包吧!

你得准备:

两杯全麦面粉、一杯温水、一小撮盐

（用小勺从盐罐里取出一些即

可）。在厨房要注意安全!

制作步骤:

将面粉、水和盐倒在一起，花五分钟的时间揉成面团。把面团做成长条状、圆圈状，或者做成又扁又平的面饼。

在金属烤盘中铺上铝箔纸，并涂上黄油。

把你的小面团摆到烤盘上。先要放一个晚上等待面团充分发酵，然后再把它们搁进一百二十五摄氏度的烤箱里烘烤。半个小时以后取出凉透。尝一尝，味道怎么样?

"我夜观星相，发现会有一辆神秘的车子给我们带来护身符，以及一位假冒的女王。起先她会得到顶礼膜拜，但后来会被丢出去喂鳄鱼!"

"你说么?"蒂诺说话又开始漏字了。他是想问:"你说什么?"

"你，们，是，什，么，人?"尼泰克咄咄逼人地朝他们走过来。他块头很大，全身的力气仿佛能顶得上一头熊。

他目光犀利，发卷的末梢不耐烦地抖动着。"你，们，的，车，子，在，哪，儿？"

蒂诺和米琦感到自己仿佛正在被一个声音催眠，他们觉得自己很快就坚持不下去了。

尼泰克弯下腰看着他们，他的一双眼睛又大又深邃，仿佛能看到兄妹两个的脑子里去。"车子呢？"他重复道。这时的米琦和蒂诺，只觉得那双眼睛像两个深深的黑洞，会像宇宙中的黑洞吸走阳光一样把他们两个吞没进去。他们没法继续隐瞒下去了，看样子只能如实招来。

金字塔奇迹

　　寂静！塔楼里一片寂静！外面的世界仿佛已经静止，没有任何声响能传进塔楼里来。蒂诺和米琦的耳朵捕捉到的唯一动静，就是一根木条折断时的清脆声响，紧接着传来一阵歌声，像是来自一个拙劣的歌手，唱得错误百出。

　　尼泰克越逼越近，鼻尖几乎都能蹭到两兄妹的脸。米琦和蒂诺能感受到他的呼吸，他的目光完全把兄妹俩震慑住了。

　　"啊——"伴随着一声尖叫，尼泰克突然跟跟跄跄朝后退了几步。他两手握拳，在空中胡乱挥舞着，好像要赶走一只苍蝇似的。米琦和小霸王龙蒂诺这时缓过神来，在尼泰克光秃秃的头顶上发现了世界上最小的法老，是契克！它尖尖的爪子紧紧抓住尼泰克的脑袋，然后越过耳朵从侧面滑了下来，一下子揪住了他的发卷。契克揪着发卷来回晃着，就像在树藤上打秋千。

尼泰克挥动着双手，在屋里不知所措地乱转。还没等他明白发生了什么事，契克就张开两只前爪，仿佛它们是翅膀一样，飞身一跃扑向了蒂诺。蒂诺接住契克，三个人一溜烟逃到了外面的房顶上。尼泰克在他们身后捶胸顿足地破口大骂。

他们得赶快走！快！可是往哪儿去呢？跳下去是不可能的，他们现在在三楼。翻墙逃走？那太慢了。

尼泰克已经出现在门口了，他的眼睛似乎在朝外迸射着火花。

米琦深吸一口气，使出吃奶的劲儿喊道："'哥伦布'号，快过来！"

她的声音在屋顶上方久久回荡。

"给我站住，你们这两只小虫子！"怒不可遏的尼泰克喘着粗气喊道。他伸出双手，眼看就要抓到背对护栏站在那儿的米琦和蒂诺。

契克一只爪子抓住蒂诺仅剩的一个发卷，另一只爪子攥成拳头在空中挥舞着，但这可吓不住尼泰克。

"给我回来！给我进去！"尼泰克不由分说地命令道。

已经无路可逃了。

就在这时，一件花格子的东西映入尼泰克深色的眼帘。米琦和蒂诺的身后响起了突突突的声音。

"飞翔的大鲸鱼，我们的避难所！"契克欢呼道。

是"哥伦布"号！它从下面直接升了上来，悬浮在阳台边上，喇叭又一次发出特有的嘟嘟声。它的侧门自动打开了，兄妹俩赶忙钻了进去。

尼泰克追了上来，可是"哥伦布"号就在他鼻尖前面关闭了舱门，慢慢升上了高空。

契克朝尼泰克扮了个鬼脸，得意扬扬地嘲笑他：

"傻眼了吧，你这只扁平鼻子的大胡子鲨鱼！"

"谢谢你！"兄妹俩总算松了一口气，"谢谢你，'哥伦布'号！"

从窗口望出去，他们还能看到尼泰克在气急败坏地大喊大叫。两个人长嘘一口气，重重地倚到了靠背上。只见前排两个座位旁边有一台小型冰箱，兄妹俩从里面拿出了汽水，还有黑面包、奶酪和酸黄瓜。奶酪的一大半被契克给消灭了，蒂诺吃了最多的酸黄瓜，吃最多黑面包的是瘦瘦的米琦。

"哥伦布"号的螺旋桨搅动着空气，推动它沿着尼罗河的河岸向前飘移。米琦和蒂诺一边嚼着东西，一边从窗户向外眺望。

"金字塔！"米琦激动地喊，她爬到驾驶员座位上——本来应该是乌尔克坐在那儿的——把方向盘稍稍朝前推动了一下。每回他们想让"哥伦布"号飞得低一些的时候，米琦看见乌尔克姑妈都是这么操作的。金字塔可是一定要凑到跟前仔细瞧的。

那些金字塔实在是巨大呀！跟它们相比，旁边的"哥伦布"号看上去就像一只苍蝇。小霸王龙蒂诺也挤到前面，坐在了副驾驶的座位上。

蒂诺若有所思地看着仪表盘上的时间显示器，他突然很想伸出手指拨动那唯一的一根指针。

"系好安全带！"他对米琦和契克说。

契克在后排座位系上了自己的安全带，兄妹两个则留在前排。

"你有什么打算？"米琦问。

"咱们现在可以让时间倒流，也可以再重新返回。"蒂诺说。看着他用手指慢慢拨动指针，米琦感到自己的头发都竖起来了。

只见窗外那些金字塔从顶部开始变得越来越小，越来

越小，最后完完全全地消失了，一切情形就如同快速倒转
一盘录像带一样。

"我把时间倒回去了，咱们现在回到了金字塔建造之前
的那个时代！"小霸王龙蒂诺说。说着，他再次拨动指针，
这次朝相反的方向。现实中经历了许多许多年的事情，现
在被压缩到了短短几分钟。

地表的沙土被清除干净，直到
下面露出了岩石。

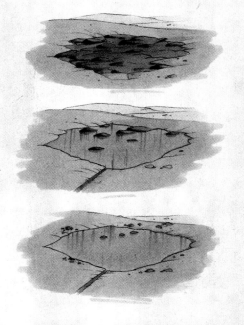

尼罗河的水被引入石坑。

突出水面的石头被搬走，如此
反复，直到地面完全平整。

寻找北极星的位置，确定正北的方向。因为金字塔的四面必
须正好朝向东、南、西、北。

首先用巨大的石块打造金字塔的最底层。每块石块都有两辆汽车那么重，金字塔的每个边都有八个足球场那么长。石头是用船不断运来的，所以金字塔一般都修建在尼罗河畔。

用压紧的沙子垒起一道斜坡，这样石头就可以不断地往上运。

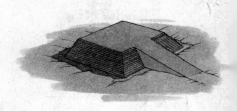

在金字塔内部修造墓室和通道，日后，法老们的木乃伊会葬在这里。金字塔的外面砌上了石灰岩，它的每一面都必须非常平坦。

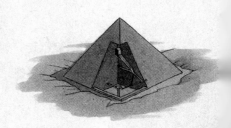

建造自己的金字塔

你可以在书后的"探险工具包"上找到制作小金字塔用的图纸。把它折叠粘贴起来，做出金字塔的形状。不过在埃及，金字塔可不是随便修建在什么地方的。现在，开始建造一个真正的吉萨金字塔吧！

金字塔必须建造在水平的平面上。将一杯水放到你准备摆放金字塔的地方，如果平面是水平的，那么杯子里的水应该像旁边图片上显示的那样。

金字塔的四面必须正好朝向东、南、西、北。可以用以下方法来辨别方向：太阳升起的地方是东方；中午的时候它位于南方；太阳落山的地方是西方；正午时分物体的影子指向的是北方。

在夜里主要靠北极星辨别方位。首先，你已经能轻而易举地找到大熊星座了。那么，把图中所示的那两颗星之间的距离延长五倍，就能找到北极星。北极星所处的位置就是正北。

乌尔克姑妈在哪里

　　蒂诺把指针重新拨回原来位置之后，身子往后一仰倚到了靠背上。他那被剃光头发的半边脑袋觉得冷飕飕的，只好伸手在脑壳上来回搓着。

　　"你们还记得从这个喇叭里听到的东西吗？"他指着那个跟螺号差不多模样的玩意儿问道，"有人把乌尔克姑妈叫做'尼罗河畔的统治者'来着。"

　　米琦激动地晃动着双腿："嗯，乌尔克姑妈给弄得一头雾水。"

　　蒂诺继续说："那个古怪的尼泰克不是提到什么假冒的女王吗？还有护身符？咱们在博物馆里见过的。"

"但尼泰克说，护身符是随一辆神秘的车子一起出现的，那车子指的可能是'哥伦布'号，但护身符怎么会到

护身符在哪里？

答案就在锁龄的口袋里面。

了'哥伦布'号里面呢？最重要的是，它现在又在哪儿呢？"

小霸王龙蒂诺可是破解谜题的高手，有些谜题他比老师回答得还要快。他伸出食指，一边在空中画着"8"字，一边跟米琦和契克说出了自己的想法。"因为护身符在乌尔克姑妈身上，所以她成了古埃及的女王。在我们进行时光旅行的时候，她之所以消失不见，是因为女王得待在她的宫殿里。"

"假冒的女王，"米琦不安地重复着尼泰克的话，她伸手抓过方向盘，"咱们得找到宫殿，把她救出来！马上！"

蒂诺点点头。"要是被人发现她是假冒的，可能真的会被丢出去喂鳄鱼。"米琦一想到这儿，头发都一根根竖了起来。

"哥伦布"号在变色隐形膜的掩护下在空中滑行。尼罗

河的两岸，农民们在地里干着农活。有些穷人自己拉着犁，因为他们没钱买牛来犁地。农民们的房子比鳄鱼和猫咪家的小多了，用黏土砌起来的墙面灰秃秃的，很粗糙。

好多船只在尼罗河上往来穿梭，大多数船的船身又长又窄，上面张着宽大的、长方形的帆。

通过随身携带的望远镜，小霸王龙蒂诺甚至看见了几只河马。其中一只灰不溜秋的庞然大物冷不丁地从河水中露出头来，朝一艘小一点的船发起了攻击。船上的两名渔夫挥舞着船桨砸向河马，最后终于把它赶走了。之后他们划起双桨，迅速朝岸边驶去。"宫殿！"米琦指着一座用黄色石块修建的雄伟建筑喊道，那宫殿的石头横梁下面，一根根立柱足有千年老树的树干那么粗。

已经睡了一小觉的契克这时候醒了过来。"准备着陆！"它喊道，说着还正了正自己头上的布冠。

"咱们最好降落在宫殿里面。"小霸王龙蒂诺建议。宫殿的大门戒备森严，要进去肯定没那么容易。

宫殿的正中，有一个高墙和石柱围起来的庭院。院内的棕榈树高高耸立，朝天空舒展着翠绿的枝叶，一个大大的池塘里蓄满了波光粼粼的池水。有两个表情严肃的男子沿着石柱长廊走来，一个身穿白色的、有着金色开阔领口的长袍，另一个披了一张兽皮，两个人看样子在谈着什么。

"咱们得听听他们在说什么！"米琦说。

"张嘴！"契克指挥道。

米琦像看牙医时那样张开了嘴。

"不是你的嘴，是这个！"契克纵身一跃跳到了铺着地毯的地面上，把地毯掀起一角，指了指下面一个长方形的开口。蒂诺在契克身边跪下来，伸手拉动了上面的把手。一扇小门打开了，下面传来一阵嘀嘀咕咕的声音，可是他们究竟说了些什么，蒂诺和契克根本听不清楚。

"得找一只听筒！"米琦小声说。

米琦把自己找到的可以当听筒的东西递给了蒂诺。小霸王龙蒂诺心里想：千万、千万别被发现！然后他把耳朵

想听到更多的内容，
可以利用哪件东西？

制作一个听筒

将一块薄纸壳或者厚纸片卷成下图所示的形状。细的一端不要完全封闭起来，贴到耳朵上；粗的一端朝向有轻微响动的方向。这时你会发现那些声响被放大了，这是因为听筒能接收更多的声波，并把它传导到你的耳朵里。

贴在听筒一端上，另一端小心翼翼地从出口伸了出去。

只听穿白色长袍的人问道："大祭司，那个长着猫头鹰眼睛的女人是从哪儿来的？"

他们说的只可能是乌尔克姑妈，蒂诺心想。因为乌尔克戴眼镜，这会叫人想到猫头鹰。

"大人，我们现在还无法解释这个女人的来历，也不知道女王的护身符怎么会在她身上。"大祭司回答。

那位大臣不知所措地摇了摇头："宫殿里的侍者们还以

为女王起死回生了呢。该怎么处置她好呢？"

　　大祭司抬起下巴，说："让她陪同女王一同进入逝者的国度吧。她已经被送往女王的墓室，到太阳落山的时候，墓室就永远地关闭了。"

　　小霸王龙蒂诺的耳朵开始一阵阵抽搐。这些话真是太可怕了。

"这是神明的旨意！"大祭司强调，"我们的新法老也这样认为。他，是我们刚刚辞世的尊敬的女王陛下的儿子。"

　　话刚说到这儿，两个人停止了谈话，同时深深地鞠躬行礼。原来一位年轻人出现在他们面前，他头戴布冠，布冠的四周套着用金子打造的蛇形头箍。

　　"我还要到母亲的墓室里去看看。"他说，不是请求，而是命令，"我想送给她一个幸运符。"

　　这时，小霸王龙蒂诺的身体突然失去了平衡！他的身子向前倒去，并不由得叫出声来。坐在他头上的契克刚刚来得及抓住他的发卷，才不至于栽下去。蒂诺头朝下，半个身子悬在了外面。这会儿，法老、大祭司和那位大臣看到的景象想必是非常不可思议的：变色隐形膜下面有半个蒂诺探出来张望，耳朵还贴在一个听筒上。

　　"抓住他！"法老愤怒地喊。而这时，"哥伦布"号的螺旋桨已经在轰鸣，飞行气球里也补充了更多的气体。那些侍卫们把梭镖投向蒂诺的时候，"哥伦布"号已经飞到他们够不到的地方了。米琦抓住蒂诺的腰带，把他和契克拉了回来。等那扇小门重新关闭之后，大家这才长长地舒了口气。"你真走运，是我救了你！"契克骄傲地说。

　　蒂诺和米琦惊讶地交换了一下眼色，契克却一点儿也没发觉，还在得意地捋着自己的小胡子。

他们现在终于知道乌尔克姑妈的下落了。"哥伦布"号只要神不知鬼不觉地跟随法老到金字塔，就能找到被困在那里的乌尔克姑妈。要解救乌尔克姑妈，时间已经不多了。

埃及人敬奉的诸神

鳄鱼神。他长着鳄鱼的脑袋，将水带到人间。

太阳神。

智慧之神。他长着红鹭的脑袋，是文字和语言的发明者。

鹰神。长着鹰头的鹰神是法老的守护神。

爱之女神。

冥界之神。

个子矮小的幸福与欢愉之神。

死亡与墓地的守护神。他长着
山犬的脑袋。

妇女与儿童的守护神。

法力无边的巫婆

　　太阳在天空中渐渐西沉，正慢慢地靠近沙漠的地平线。

　　安着两只巨大车轮的法老战车在夕阳的余晖中闪着熠熠金光，拉车的是四匹白色骏马。法老的随行人员也乘坐着战车，但他们的车不是金的，而是木头做的。

　　小霸王龙蒂诺、米琦和契克在空中跟随着这一小队人马，只见他们乘坐一艘皇家驳船——那是一艘装饰着图画和雕刻的宽大的平底船——渡过了尼罗河，进入了一个怪石嶙峋的山谷。

帝王谷

埃及的许多帝王都被安葬在尼罗河附近的一个石灰岩峡谷中，这里有深深的岩洞，巨大的柱廊以及神庙。一百多年前，一位英国考古学家在这里发现了名叫图坦卡蒙的法老的墓穴，与其他法老墓不同，它没有遭到盗墓者的洗劫。

"是帝王谷!"小霸王龙蒂诺惊叹道。他在书里读到过有关帝王谷的介绍。

最后一段路程，法老步行前进。一条尘土飞扬的小路直通岩壁上的一个洞口，等法老和他的陪同们走进洞口之后，"哥伦布"号开始缓缓下沉，最后在通往墓室的入口前落了地，打开了舱门。

傍晚的天气依然热得让人透不过气，米琦和蒂诺这会儿很庆幸自己穿得这么单薄。

时间不多了。此时的太阳已经是一只火红的圆球，眼看就要落山。

入口处后面长长的廊道中，每隔几步就有架起的火盆，跳动的火光映照着墙上的壁画。长串的象形文字依稀可辨。米琦从"哥伦布"号的工具箱里拿了一只手电筒，但眼下还派不上用场。火盆的光足够照亮廊道，空气中弥漫着煤炭和烟火的气息。廊道继续朝山岩的深处延伸着，它的尽头是一个无比宽敞的石室，小霸王龙蒂诺站在里面，感觉就像回到了博物馆。

这墓室里真是应有尽有：一辆车子、一艘小船、好多只大箱子、一顶王冠、一张桌子(桌腿做成了狮子腿的样子)、椅子、长袍，还有手握梭镖的侍卫雕像。

米琦觉得自己的发梢似乎都随着心跳在颤抖；小霸王

逝者的国度

古埃及人相信人死后会复活。为了确保死去的法老和女王在复活后应有尽有，他们会在墓室里放入所有用得到的东西，探险家们甚至还在墓室里找到了面包和蜂蜜。

龙蒂诺上嘴唇上布满了细密的汗珠；就连总爱故作镇定的契克，胡须也在不停地颤抖。

这间放满墓葬的石室后面，似乎还有一间石室，乌尔克姑妈绝望的声音从那儿传了出来："你们是不是疯掉了？护身符是我从博物馆里拿来的！"乌尔克姑妈咬紧了嘴唇，这话她真不该说。

"博——物——馆？"法老重复道，他还从没听说过什么博物馆。在古老的埃及，还没有人能料到他们的众多宝藏几千年之后会出现在什么地方。

"她是个女巫！是她施法把护身符从女王的棺椁里偷出来的！"兄妹俩刚才在庭院里见到的那个大臣说，他的声音生硬又严厉。

小霸王龙蒂诺、米琦和契克躲在通往第二间墓室的入口墙边，探听着里面的动静。这时，米琦想到了一个搭救乌尔克姑妈的办法，她小声耳语道："巫婆！这主意不错。他们肯定是把乌尔克姑妈当成一个法力无边的女巫了！"但蒂诺搞不懂这有什么好的。

米琦着急地喘着粗气说："我敢打赌，他们害怕女巫的魔力，肯定会放乌尔克姑妈走的！"说到这儿她停顿了一下，然后又嗫嚅着补充道，"至少，我希望是这样。"

能神不知鬼不觉地跑到乌尔克姑妈跟前，把米琦的主意告诉她的，只有一个：契克！

这小老鼠搓了搓鼻子，说："我还是宁愿去吃海参沙拉。"

"你能行的！"蒂诺给它鼓劲。

契克吸了吸鼻涕，点点头同意了。它沿着墙根一直跑到乌尔克姑妈身边，她身上还穿着那件兜里装满工具的工装裤。契克踩着衣服的褶皱，三下两下就爬到了乌尔克耳边，告诉她米琦和蒂诺来救她了。

"使出你的浑身解数，假装成一个女巫！"契克跟她耳语。

乌尔克姑妈使劲儿咽了口唾沫，仿佛吞下了一只足球似的。她沙哑着嗓子说："我警告你们，我的法力无所不能！我已经把护身符从……"

她说不下去了。

这时，那个大祭司上前一步，说道："它原来放在棺椁里的什么地方，那护身符？说出来，才能证明你的魔力！"说完，他又转身对法老说："这个只有我知道，是我亲自把女王心爱的护身符放到她身边，陪伴她进入逝者的国度的。"

米琦想起了施莱恩教授在博物馆里给他们看的那些图片，护身符是放在哪儿的来着？

契克在兄妹俩和乌尔克姑妈之间来回穿梭，它把蒂诺和米琦说的话一一传达到乌尔克耳朵里。

听到乌尔克姑妈准确地说出了护身符所在的位置，大祭司惊讶地倒吸了一口凉气。

"女王吩咐我施法术，把护身符从石棺中取出来。现在你们的任务是把一层层神龛和棺椁重新打开，把护身符放

护身符是放在哪儿的？你能不看木乃伊图片就回答上来吗？如果答不上来，就找出来看看吧！

放在缠裹木乃伊的绷布里了。

木乃伊

法老们去世后，遗体中的内脏器官被清理出来，只有心脏还留在身体里面。内脏器官放在专门的容器里埋葬，然后，遗体在盐堆里摆放一百天，进行干燥处理。

干燥后的遗体被涂上各种芳香精油，最后用麻布细条缠裹起来。麻布细条可能长达四公里。

木乃伊棺椁

木乃伊首先被放入一个与人的身体形状相仿的棺材中。这口棺材的外面会再套上其他的棺材，直到最后放入一个石棺。而石棺的外面，还会罩上几个包金的木质神龛，有些木乃伊外面的棺椁、神龛多达十层。

回原处。"乌尔克姑妈信口开河地编造着，心里一边暗暗祈祷那些人会相信她。

"撒谎！"那位大臣冷冰冰地说。

"撒谎！"大祭司也这么认为。

乌尔克姑妈禁不住打了个寒战。契克吓得缩起脖子，蒂诺和米琦绞尽了脑汁，也没想出来对策。

　　墓室里安静下来，只听得到盆中火苗的哔哔声。

　　"我相信她！"那位年轻法老突然开口说道，"照她说的做，大祭司。只有护身符重新回到原来位置，墓室才能最终关闭。"

　　大祭司朝法老深鞠一躬。没有人敢反驳这位统治者。

　　"把这个回旋飞镖也放进去，这是女王特别喜欢的东西。"

　　远处传来了"哥伦布"号的嘟嘟声，所有人都把头转向了声音传来的方向。

　　"是……是我的飞马！"乌尔克姑妈随口胡诌。

　　"她撒谎！"那大臣怒不可遏地说。

　　"我要看一下！"法老命令道。

立刻有四名警卫走上前来，把乌尔克姑妈押送到了外面。米琦和小霸王龙蒂诺先他们一步跑开了。

　　"'哥伦布'号看上去可一点儿也不像马！"米琦咬着自己的一绺发梢，气喘吁吁地说。

　　兄妹俩和契克一溜烟冲进了外面徐徐降临的夜幕中。

　　嘟！嘟！披着变色隐形膜的"哥伦布"号就停在他们面前。此时它把隐形膜慢慢向上卷起，下面露出了船身和红白相间的气球。

　　"这哪是什么马，法老肯定不会放过乌尔克姑妈的！"米琦担心地说。

　　"哥伦布"号打开了舱门，看到兄妹俩迟迟不肯上去，它着急地摇晃起来。

两个人只好不情愿地爬了进去。这时，乌尔克姑妈在四个魁梧的警卫押送下来到了出口，法老、大臣和大祭司跟在她身后。

　　"不是马，是怪物！"大祭司叫喊着发出了警告。他朝警卫做了个手势，他们马上举起手中的枪，随时准备出击。

　　兄妹俩屏住呼吸，趴在窗上观察着外面的一切。

　　现在要解救乌尔克姑妈，只有期待奇迹发生了！

　　"哥伦布"号在空中悬浮起来，慢慢地转向了法老和那几名警卫。它的车灯亮了起来，像两只巨大的眼睛。

　　"是一只动物！"法老大为动容地说。

　　"哥伦布"号又一次发出了嘟嘟声。

　　"飞马都是这么叫的！"乌尔克姑妈说，好像这是再平常不过的事实了。

　　"哥伦布"号一点一点地朝乌尔克靠近。契克蹦到打开的舱门口，朝警卫们挥舞着拳头，可是人家根本没把它放在眼里。

　　法老做了一个发出命令的手势："让这个女巫留在我身边，永远留下来。"

　　"嘿，你这只戴着头巾的海怪！"契克挑衅地叫喊道。看到这只法老打扮的会说话的老鼠，那年轻的法老惊讶得合不拢嘴。"你给我听着，我会让你国土的上空不停地下海蜇雨，让蛤蟆像冰雹一样往下砸！要我这就开始吗？"

法老把双臂伸向天空，充满敬畏地喃喃自语："一只会说话的动物！或许是神明现身！"

"我是法老鼠契克，都给我跪下！"契克调皮地命令道。

那法老立即双膝跪倒，大臣和大祭司也赶忙照做。警卫们五体投地地扑倒在沙地中，前额紧贴着地面。

"上船，起飞！"契克压低声音说，并朝乌尔克姑妈眨了眨眼睛。乌尔克姑妈也心领神会地朝它眨了眨眼，随即高高地跃起，一下子就跳上了全方位的探索者"哥伦布"号。

在古埃及，好多动物都被认为是神圣的。不光是牛和猫之类的动物，就连屎壳郎也是人们尊敬的对象。因为它们把卵产在自己滚成的粪球里，所以屎壳郎的幼虫是从粪球里爬出来的，古埃及人因此把它们看做一种神奇的动物。

那位大臣气急败坏地喊："她要逃跑，那个女巫！"

等警卫们冲过来的时候，"哥伦布"号已经高高地飞上了天际。

"可真有你们的！"契克和兄妹俩得到了乌尔克姑妈的表扬。随后，她把指针调回了现在的时间，一切又在飞速地恢复今天的模样。

大结局

"哥伦布"号降落在乌尔克姑妈的修车场后面的花园里。米琦和小霸王龙蒂诺走出"哥伦布"号的时候，两个人的膝盖都软得像布丁。连契克走起路来也歪歪扭扭，不住地打转儿。

"嘿，你又重新变成一只满头鬈发的海刺猬了！"契克指着蒂诺的脑袋说。原来在进行时光穿梭的时间里，他的头发又重新长出来了，而且米琦和蒂诺穿的也是回到埃及以前穿的衣服。

时间已经是深夜，花草上沾满了露水。

我们的探险家们一进门，做的第一件事就是把厨房冰箱里的东西一扫而光。乌尔克姑妈一只手拿着一根香肠，另一只手拨打着博物馆的电话，但这时候博物馆早就关门了。

"施莱恩教授家里没有电话。不过，我们没有为他的问题找到答案，这个坏消息等明天早晨告诉他也不迟。"

米琦使劲儿点头表示同意，连两根小辫子都跟着晃个不停，"一切情况我们都搞清楚了，明天就让真相大白。"

"我们也知道那护身符并不会带来厄运！"蒂诺补充道。

"但是那四处游荡的木乃伊怎么解释呢？"乌尔克姑妈问道。

对于这个问题，蒂诺心里已经有了一些眉目。

第二天早晨上学以前，米琦、蒂诺、契克和乌尔克姑妈一起开车来到了博物馆。他们在高大的木质大门那里碰到了施莱恩教授。之前，他们把"哥伦布"号停在了街边的一个普通车位里。

几个人刚走进博物馆大门，就看见馆长女士朝他们迎面走来，身后依然跟着那位克拉卡托教授。他脸上挂着浅浅的笑，手里提着一个褐色的公文包。

"我希望您现在能回答我的所有问题。"馆长女士连招呼都不打，直奔主题。

"当然能喽！"小霸王龙蒂诺轻松地说道。

克拉卡托教授的脸不屑地扭曲起来。"怎么，堂堂一名大教授，竟要靠几个小毛头来帮忙？"

米琦两手叉腰，眼睛愤怒地眯成了一条缝。

"我的时间可不多！"馆长催促道，施莱恩教授不知所措地看着乌尔克姑妈和兄妹两个。乌尔克朝他打了个手势，表示他可以完全放心。

几个人一同穿过空荡荡的展厅，这个时候还没有人进来参观。他们径直来到施莱恩教授摆放法老墓葬的那个仓库。

"说说看吧！"那馆长不知怎么搞的，一大清早情绪

下图的这三件东西，
在古埃及是做什么用的？
你肯定知道答案喽！

一√尺 —√可门头√，一√左臂。

118

就特别差。克拉卡托把公文包放在地上，两只胳膊抱在了胸前。

米琦发现契克偷偷跑到那公文包旁边，弄开了拉链。克拉卡托完全没有察觉。

"呃……"施莱恩教授无助地支吾着。

"每次考试之前，我也会这么紧张的。"小霸王龙蒂诺替他开了口，"不过教授昨天已经把所有详细情况都告诉了我们，他发现这些墓葬都是出自一位埃及女王的陵墓。"

蒂诺上前一步，来到那三件物品旁边。米琦也在一旁帮他一起解释。

他们一一介绍完毕，那女馆长听得是瞠目结舌。"爆炸性新闻！人们肯定会蜂拥而至，来参观这些奇特的墓葬，尤其是——"她偷偷地笑着说，"埃及人如厕的地方。"

克拉卡托教授的一字胡不由自主地抽动了一下。"等等！"他插话道，"还有一块护身符，那上面有象征邪恶的标志。把它拿出来给我们看看，施莱恩。拿出来！"

施莱恩教授的嘴巴不安地吧唧了几下。他走到柜子前，准备去拿护身符。可是它不在那儿！乌尔克姑妈摸摸自己的工装裤兜，昨天她不是把它塞进那儿去了吗？但裤兜是空的！

　　米琦跑到木乃伊棺椁旁边，用手敲了敲那木棺。"在这里，在木乃伊身上！"她对教授耳语道。

施莱恩教授用颤抖的双手挪开了木棺厚重的盖子，护身符果然挂在木乃伊的脖子上！

护身符上的宝石摆成了什么图案？

。页页背至印案图

克拉卡托叫喊着发出警告："小心！它会带来灾难！那些宝石排成的形状是罪恶之眼！"

小霸王龙对克拉卡托报以同情的微笑。

"非也！看来您真是什么也不懂！"说完，蒂诺对大家讲了那宝石排成的图案的真正含义。

克拉卡托教授的脸顿时红得像西红柿。

方才，他的灰色裤腿旁边就响起了啪的一声，那是契克打开了公文包的锁。这会儿，契克从那包里探出身子来，爪子里抓着一件沾满灰尘的、边上散成一绺一绺的东西。米琦弯下腰，把它拎了起来，乍一看，那个东西蛮像一件磨旧了的婴儿连脚裤。

"是用来假扮木乃伊的道具!"蒂诺激动地喊。

"你……你就是在这儿装神弄鬼的木乃伊!"施莱恩教授急促地喘息着说。

"是他这只海怪在这儿装神弄鬼,兴风作浪,为的是让您再把这些珍贵的宝藏卖出去!"米琦喊道。

所有人同时转向克拉卡托教授,这会儿他真的是傻眼了。他沮丧地皱起鼻子,脖子越发地长。"您故意到我这儿来诬陷施莱恩教授!"馆长女士愤怒地说。克拉卡托伸出两手,做了个丢弃的动作,说:"哪里,谁稀罕这些破烂玩意儿!"说着,他从米琦手里一把夺过假扮木乃伊的道具,灰溜溜地走开了。

"我向您表示由衷的歉意!"馆长女士尴尬地对施莱恩教授说。教授谦虚地点点头,心里暗自高兴。等女馆长穿着她的高跟鞋嗒嗒嗒地走开之后,教授朝乌尔克姑妈、小霸王龙蒂诺、米琦和契克转过身,说:"我可真得好好谢谢你们!按照埃及人的说法,一颗吉星照耀着你们,愿它永

122

远保佑你们！"

嘟！嘟！街上传来了"哥伦布"号的喇叭声。

"要是没有'哥伦布'号，我们根本不可能做得到！"小霸王龙蒂诺断言。

"要是再有棘手的事，我们还乐意效劳！"乌尔克姑妈说。

"我们的确很强大哦！"米琦边说边展示着自己两只瘦小胳膊上的肌肉。

"加油！"契克叫起来，"准备开始下一次探险！"

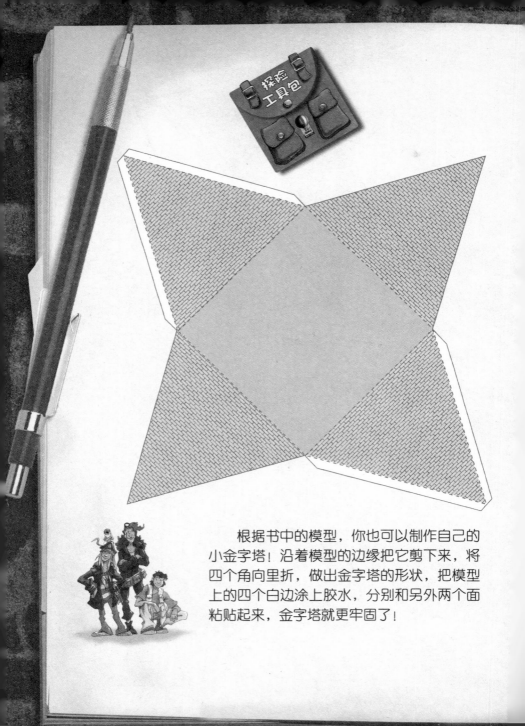

根据书中的模型，你也可以制作自己的小金字塔！沿着模型的边缘把它剪下来，将四个角向里折，做出金字塔的形状，把模型上的四个白边涂上胶水，分别和另外两个面粘贴起来，金字塔就更牢固了！

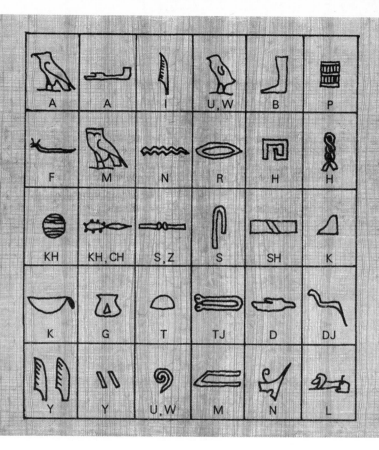

A	A	I	U,W	B	P
F	M	N	R	H	H
KH	KH,CH	S,Z	S	SH	K
K	G	T	TJ	D	DJ
Y	Y	U,W	M	N	L

这张图上显示的是古埃及的象形文字，它们和下面的字母一一对应。想想看，这些象形文字代表了什么东西？

桂图登字：20-2008-31

图书在版编目（CIP）数据

法老的护身符／（奥）托马斯·布热齐纳（Brezina，Thomas）
著；刘沁卉译．—南宁：接力出版社，2009.5
（旋风小虎队）
ISBN 978-7-5448-0801-9

Ⅰ.法…　Ⅱ.①托…②刘…　Ⅲ.儿童文学－长篇小说－奥地利－
现代　Ⅳ.I521.84

中国版本图书馆CIP数据核字（2009）第072753号

责任编辑：周　游　　美术编辑：卢　强
责任校对：翟　琳　　责任监印：刘　签
版权联络：谢逢蓓　　媒介主理：马　婕

社长：黄　俭　　总编辑：白　冰
出版发行：接力出版社
社址：广西南宁市园湖南路9号　　邮编：530022
电话：0771-5863339（发行部）　010-65545240（发行部）
传真：0771-5863291（发行部）　010-65545210（发行部）
网址：http://www.jielibeijing.com　　http://www.jielibook.com
E-mail：jielipub@public.nn.gx.cn

经销：新华书店

印制：河北省三河市和达印务有限公司
开本：840毫米×1240毫米　　1/32
印张：4　　字数：70千字
版次：2009年5月第1版　　印次：2009年5月第1次印刷
印数：00 001—20 000册
定价：14.80 元